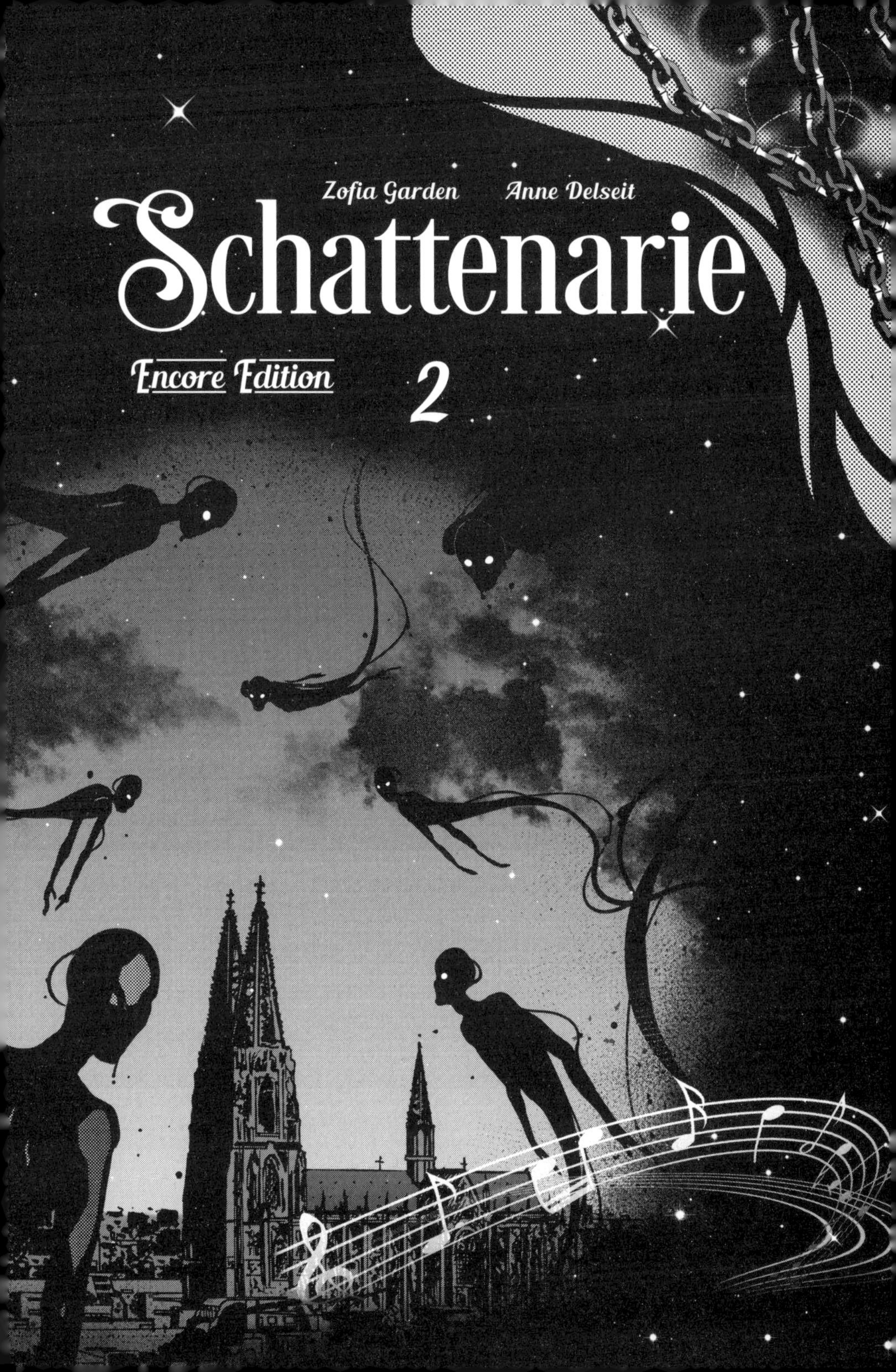
Zofia Garden
Anne Delseit
Schattenarie
Encore Edition
2

Liebe*r Leser*in,
danke, dass du auch zum zweiten Band der
Encore Edition von SCHATTENARIE greifst!
Deine Unterstützung freut uns sehr.

Anne & Zofia

Schwarzes Feuer...
Va, pensiero... sull'ali dorate...
... umschließt mein Herz...
KSSAAAAA
SWAAA
Ich bin alleine in dieser Dunkelheit.
KYAAAH

KWAAAAA
Brayden...?
Bist du gekommen, um mich zu retten?
KRYAAA
Bitte bleib bei mir, Brayden!
Lass mich nicht allein.

Halt Severin fest, damit ich das Ding rausziehen kann!
Rausziehen?! Spinnst du?! Willst du ihn noch mehr verletzen? Ich kann es raus-operieren!
Quatsch! Er ist ein Werwolf, Luca! Er hält das aus.
GAAAH!
ZUCK
Ich brauche nur eine Metallsäge und...
AU!
ARH!
Sobald das Rohr draußen ist, heilt seine Wunde von selbst.
GRAAA!
Ich bin hier die Medizinerin, Katja! Und ich sage dir, er könnte dabei verbluten! Wir sollten...
RÜTTEL
FWOP
!!
Du bist keine Hilfe, Vampir!
ZUCK
AAAAAAH!

KLACK

GRAAAAAH!

Verflucht
noch mal!

SEVERIN!
BERUHIGE
DICH!

JETZT HELFT MIR
DOCH! IHR SEID
SO UNFÄHIG WIE
DER VAMPIR!

Atme langsam, Luca...
ganz ruhig!

Verdammt...
Früher
hatte ich so
viel Angst
davor, dass
mir die
Patienten
unter den
Fingern
wegsterben...

So sehr, dass
ich alles dafür tat,
um nur noch mit
toten Menschen
zu arbeiten...
Und jetzt wachsen
meine Patienten
schneller zusammen,
als ich mit dem
Skalpell schneiden
kann... Wenn nur
mein verfluchter
Durst nicht wäre!

Es hat
sich so viel
verändert...

LUCA!!

DU WIRST IHN NIEMALS BEKOMMEN!

Brayden ist tot.

Brayden hat dich vor dem Licht geschützt. Von ihm ist nur Asche übrig...

Du hast zwei Wochen geschlafen... Bleib erst mal bei uns. Ich passe auf dich auf.

Tristan ist mit dem Klan geflohen... Wir suchen nach ihnen.

Luca...

Nach dem, was passiert ist, haben wir beschlossen, die Welt endgültig von den Vampiren zu befreien. Aber solange du hier bleibst, bist du in Sicherheit.

LIED 6:
IL Y A LONGTEMPS, QUE JE T'AIME.
JAMAIS JE NE T'OUBLERIERAI.*

* Aus 'À la claire fontaine', frz. Volkslied: »Es ist lange her, dass
ich dich geliebt habe. Niemals werde ich dich vergessen.«

Oh Mann...

Ich bin wieder eingeschlafen...

Wo bin ich hier?

Seit Wochen lande ich in meinen Träumen immer in diesem Wald...

Seit Brayden...

Stille

Brayden?!

Willst du mir etwas zeigen? Wenn ja, wieso zeigst du dich nie?

Mylord ?!

Brayden!

Bray...

Bist du da?

Hm?

STÄRKE DICH!
ER IST DEIN ERSTER! GENIESSE IHN!
AH!
BEVOR DU MICH GENIESSEN KANNST!
SWUSCH
AAH, JA! MEIN LIEBSTER!
MMMH

AH! AAH!

JA! GENAU SO, MEIN LIEBSTER!

ZUCK

AAAAAAAAUUUU

W...

WAS WILLST DU HIER?

GRR! DIESE VER- DAMMTEN WÖLFE!

ICH WERDE IHN DIR NICHT ZURÜCK- GEBEN!

DU?!

SWOOOO

Trotzdem ist es zum Kotzen. Und es zieht dich in meine Träume rein!

Vielleicht bin ich ja gern in deinen Träumen?

ICH MEIN ES ERNST! DAS IST GEFÄHRLICH!

ACH, ES SIND DOCH NUR DREAMS, LUCA!

Du weißt ja gar nicht, was das bedeutet... und wie das ausarten kann...

Es ist so verrückt... Seit Brayden tot und Tristan mit dem Klan verschwunden ist, halten mich diese Werwölfe gefangen...

Und sie würden mich am liebsten umbringen...

AH! WARTE!

Alfred ist der Einzige, der sich für mich einsetzt... der mich nicht zu hassen scheint...

Er dürfte das hier als Werwolf gar nicht machen... als Alpha erst recht nicht...

MHM

AH!
AUAAA!
ZITTER
LIEBER SCHLUCK ICH SÄURE!
SSSH
SORRY, LUCA...
Es geht ja bald vorbei...
Sei nicht immer so nett zu mir, Werwolf!
Du hast also im Traum gesehen, wie Brayden mich gebissen hat?
Ja.
Hast du auch gesehen, wie ich zum Werwolf wurde?
Nein.
Ich kann über das Blut, das ich trinke, in Erinnerungen eintauchen... aber ich kann es nicht kontrollieren.
SEUFZ
Unser beider Leben als Men-schen endete in einer einzigen Nacht. Das ist schon Jahrhun-derte her...
Brayden war, wie du weißt, mein Herr und Freund gewesen.
Damals war er mit der Tochter eines Herzogs verlobt. Politische Heirat, nichts weiter... zumindest bedeutete sie ihm nicht wirk-lich etwas...
»IHM«?

Deswegen über-
raschte es mich
nicht, als ich ihn
eines Abends mit
einer anderen Frau
beim Liebesspiel
erwischte...

Sie war... wun-
derschön... aber
sie hatte auch
etwas Gefähr-
liches an sich.

Und sie hat
ihn komplett
um ihren Fin-
ger gewickelt...
Das war Leila.

Als sie mich
bemerkte, lachte
sie laut und
verschwand mit
ihm im Wald...

Ich folgte ihnen,
aber als ich sie
kurz darauf fand,
war Brayden nicht
mehr er selbst. Er
griff mich an und
trank mein Blut.

Als ich
wieder zu mir
kam, war ich ein
Werwolf. Von
Brayden und
Leila fehlte jede
Spur.

Die Werwölfe retteten mein Leben. Sie sahen in mir einen wichtigen Verbündeten.

Ich bin schließlich einer der wenigen, die Leilas Gesicht gesehen haben und noch leben.

...

Musstest du deswegen Brayden bekämpfen? Wolltest du ihn töten?

Brayden war mein Freund. Ich konnte seine Seele nicht dem Teufel überlassen. Seine... Erlösung stand für mich immer an erster Stelle. Ich konnte nicht zulassen, dass er weitermordete.

Aber als ich ihn später wiedersah, war er kein Monster mehr. Er hatte sich von Leila abgewandt und trauerte um seine erste große Liebe. Er war wie ausgewechselt.

Er wollte seinen Frieden mit der Welt machen, zog durch Europa und versammelte streunende Vampire unter seiner Führung. Ich ließ ihn gewähren und bürgte für ihn.

Mittlerweile war es uns gelungen, die meisten alten Vampire und ihre Gefolgschaft auszulöschen. Von den übrigen war Leila die größte Bedrohung. Brayden willigte ein, mit mir zu kooperieren.

Wir alle hofften, dass Leila früher oder später nach Brayden suchen und sich zeigen würde. Die Chance, sie zu vernichten, war uns jedes Opfer wert – egal ob Werwolf oder Vampir...

... and lose their name of action.*

Soft you now!**

SLURP

The fair Ophelia!***

AH!

AAAAH!

HACH, TRISTAN! DAS WAR WUNDER-SCHÖN!

* Aus Hamlet von William Shakespeare, 3. Aufzug, 1. Szene: »Und Unternehmen, hochgezielt und wertvoll, durch diese Rücksicht aus der Bahn gelenkt, verlieren so der Handlung Namen.«   ** ebd. : »Still!«   ***ebd. : »Die reizende Ophelia!«

AH

BIN ICH EIN GUTER HAMLET?

THE BEST!

DANN WILL ICH JETZT MEINE BELOHNUNG!

SLURP

SAUG

AH!

Tristan! Schnell...!

TRISTAN!

Was ist? Du störst!

BEISS

AAH!

TRISTAN! WAS GESCHIEHT HIER?

ARGH!

SWUUUAA

WAS IST DAS?

WOOOSH

SWUUUAA

HUUAAARGH!

WHAT THE FUCK..?

SWOOSH

WOOOO

IST BRAYDEN ETWA..?

?!

WOOSH

ARGH!

SWAP

Vorsicht, Undine!

Tristan! Die Schatten haben sie gefressen!

TRISTAN

SWOOOOSH

KYAAAAAAA

Einen schönen guten Abend...

GRAH!

... Braydens Blut.

HUFF

W...

Wer seid ihr?

Oh!

Brayden hat uns nie erwähnt? Wie schade!

Wir sind doch eine Familie...!

ACH
JA?

Und was wollt ihr hier?

Brayden.

Der ist nicht hier. Er ist tot.

UH!

ARGH

HAH!

Ich hab ihn umgebracht.

Das wissen wir. Es hat unsere Mutter sehr verärgert.

GRAH!

LASS MICH!

Sie vermisst Brayden nämlich sehr und hätte ihn gerne wieder, weißt du?

Und jetzt stehst du hier und prahlst, dass du schuld daran bist. Rate mal, wie wir das finden...

TSTS.

Was...
Was passiert jetzt?
SWOOOO
Ein... Schatten? Träume ich etwa schon wieder?
LUUCAAAAAAA
HELP MEEE
Was hat das zu bedeuten?
T... TRISTAN ???
WIE..?
WAS...?
WARUM ???

LIED 7:
IHR WÜNSCHE, DIE IHR STETS EUCH REGET
IM HERZEN SONDER RAST UND RUH!
DU SEHNEN, DAS DIE BRUST BEWEGET,
WANN RUHEST DU, WANN SCHLUMMERST DU?*

*aus 'Gestillte Sehnsucht', Op. 911, No. 1 von Johannes Brahms, Gedicht: Friedrich Rückert

Nun zum letzten Punkt der heutigen Ratssitzung.

Laut zahlreicher Berichte nehmen die Angriffe auf unsere Posten in Europa zu. Wie kommt ihr damit zurecht, Alfred?

Die Vampire lauern unseren Patrouillen mittlerweile sogar auf offener Straße auf. Wenn das so weitergeht, bekommt die Öffentlichkeit bald Wind davon...

Wir tun, was wir können, aber es scheint, als strömten die Vampire aus allen Kontinenten zu uns. Sie folgen eindeutig dem Ruf eines mächtigen Anführers...

Leila ist wieder erwacht. Sie ist die Einzige, die solche Massen von Vampiren befehligen könnte.

Luca! Geh nicht mehr in die Schattenwelt!

Als ob ich mir das aussuchen könnte... Zumindest in meinen Träumen kann ich es nicht...

Ob ich das... auch nur geträumt habe?

Warum habe ich plötzlich Tristan gesehen?

Ist Tristan etwas zugestoßen? Und Undine? Was ist aus ihnen geworden?

Und Brayden, wieso war er dabei?

Ich kann gar nichts machen... Ich sitze nur wieder da... mit neuen Fragen, die mir keiner beantworten kann... oder will...

Ich hab's so satt! So kann es nicht weitergehen!

Pah!

Selbst zum Schatten werden...

Sie....

... ist weg!

!!

Luca braucht keiner von uns zu fürchten.

In den letzten Wochen hat sie mir keinen Grund gegeben, ihr zu misstrauen. Sie wird mich... uns... nicht verraten.

HA! NATÜRLICH NICHT!

Ich mach mir Sorgen, Alfred.

Was auch immer dich und Leilas Blut verbindet, es schadet deinem Urteilsvermögen. Du bist unvorsichtig.

Oder abgelenkt?

...

Sie ist ja eine echte Schönheit. Und unser Alfred ist doch dafür bekannt, dass er nichts anbrennen lässt, nicht wahr?

SWUUU

KNISTER

Was ist, Katja?

Gut.

Du bist die Älteste von uns, Liza. Wir vertrauen auf deine Erfahrung.

Spätestens zum Jahresende werden alle Truppen in Köln angekommen sein. Wir werden die Vampire das Fürchten lehren!

WIE?

Sie...

Sie hat aufgeschrien und war dann plötzlich verschwunden! Ich konnte nichts machen, Alfred!

Ich hatte also Recht. Die Schatten waren unruhig.

Ich hab von Anfang an gesagt, dass es ein Fehler war, sie hierher zu bringen. Sie wird uns verraten.

Es reicht! Ich bin auch eine von euch!
Geht mir aus dem Weg! Ich muss Brayden fin...
NEIN
SWUAAA
WUSCHAAA
...den...
KRIAAAA
Va, pensiero... sull'ali dorate...
Brayden?
SWAAAA

Ich dachte schon, sie bekommt nie genug.

Den Göttern sei Dank, endlich ist sie weg.

Wie hältst du das nur aus, Urs?

Ich habe keine Probleme damit.

Dich beißt sie ja auch nicht so besessen wie mich!

AAAAAAAH!

BITTE, HERRIN!

NICHT!

Verdammt, wieso bringt sie es uns nicht bei?

Was meinst du?

Na das, was sie mit allen Vampiren macht, die wir ihr bringen.

AAAAH

Ich...

... habe Angst...

Werdet
ihr mich
willkommen
heißen?

Ich habe Angst, euch ins Gesicht zu sehen...

Darf ich über-
haupt hier sein?
Darf ich in mein
altes Kinder-
zimmer gehen?

WIP

QUIEK

Es ist
so lange
her...

WIPP

Es ist
so viel
passiert.

Ich bin nicht mehr die Luca, die ich mal war.

Die Luca, die hier aufgewach-sen ist...

Die Luca, die ihr Kanntet...

Ich weiß mittler-weile selbst nicht mehr, wer ich bin...

KNARZ

SCHOCK

HEY!

JEMAND IST IM GARTEN!

KRA

KRA

KRA

Ähm...

Alles okay bei dir? Du bist so still...

J...Ja... es geht mir gut.

ICH TRAGE DICH, FALLS DU ZU ERSCHÖPFT BIST!

NEIN, NEIN! ICH BIN FIT!

Das erste Mal in meinem Leben als Vampir hatte ich richtigen Sex... ausgerechnet mit einem Werwolf...

I...Ich...

Mir ist gerade klar geworden, dass du Kinder zeugen kannst... Können Vampire das auch?

Vielleicht sollten wir doch verhüten...?

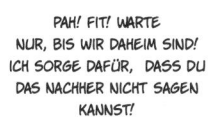

PAH! FIT! WARTE NUR, BIS WIR DAHEIM SIND! ICH SORGE DAFÜR, DASS DU DAS NACHHER NICHT SAGEN KANNST!

WAS?

ALPHASTOLZ

Luca.

Hmm...

Da.

LASST MICH, ICH MUSS MIT IHR REDEN!

!!

U...Undine?

LUCA!!

Undine! Wie kommst Du denn hierher? Was ist passiert?

LUCA!

Tristan...! Tristan ist tot.

Also doch...

OH LUCA!

Sie...

Sie haben ihn...!

Sie haben ihn in Stücke gerissen!!!

WUHUUUU

LIED 8:
ICH BIN DER WELT ABHANDENGEKOMMEN,
MIT DER ICH SONST VIELE ZEIT VERDORBEN,
SIE HAT SO LANGE NICHTS VON MIR VERNOMMEN,
SIE MAG WOHL GLAUBEN, ICH SEI GESTORBEN!*

* 'Ich bin der Welt abhanden gekommen' von Gustav Mahler, Gedicht: Friedrich Rückert

Moskau

Tötet sie nicht!

Das sind die letzten Vampire hier...

Der Rat will sie lebend.

Endlich unternimmt mal jemand was!
Die blöden Köter!
HAHA!
Das war großartig, Herr Thaddeus!
BABUM
SWUAAAA
SCHAAAAAAAAA
WUUU
H...Herr Thaddeus! Wenn wir etwas tun können... um unsere Dankbarkeit zu zeigen...
Wir stehen ihnen jederzeit zu Diensten!

Und wahr-
scheinlich ist
er jetzt da, wo
er schon lange
sein wollte!

Bei
ihr...

Und nur so
nebenbei, Tristan
hat Brayden
umgebracht! So
wie mich auch!

So wie all
die anderen, die
im Kampf in der
Brauerei gefallen
sind!

Du willst von mir
hören, wie leid es
mir tut, dass Tristan
tot ist, aber... es tut
mir nicht leid! Ich
bin froh, dass er
weg ist!

Du hast einen
Wahnsinnigen
geliebt, Undine!
Wann wird dir
das klar?

Von dir muss
ich mir echt nicht
anhören, was ich zu
tun habe! Und ich
habe auch nieman-
den verraten!

Ich... Ich habe
immer noch
Angst vor dem
Tod. Genau wie
du. Und ich weiß,
was danach mit
uns passiert.

Ja, ich bin hier
gefangen und es
ist alles andere als
perfekt... aber ich
bin hier sicher und
das ist besser
als nichts.

Das wird sie noch, keine Angst.... Ist Thaddeus eigentlich immer noch in Kairo?

RASCHEL

Ja. Er wollte sich um Euren neuen Auftrag allein kümmern.

Ach, mein Mond! Ich habe meine Zweifel, ob er das alleine schafft.

Ich bin mir dessen absolut sicher, Herrin.

Er liebt euch und weiß, dass er sich eure Zuneigung verdienen muss.

Er ist schließlich nicht... Brayden.

Keiner...

... ist wie Brayden.

SWAAA

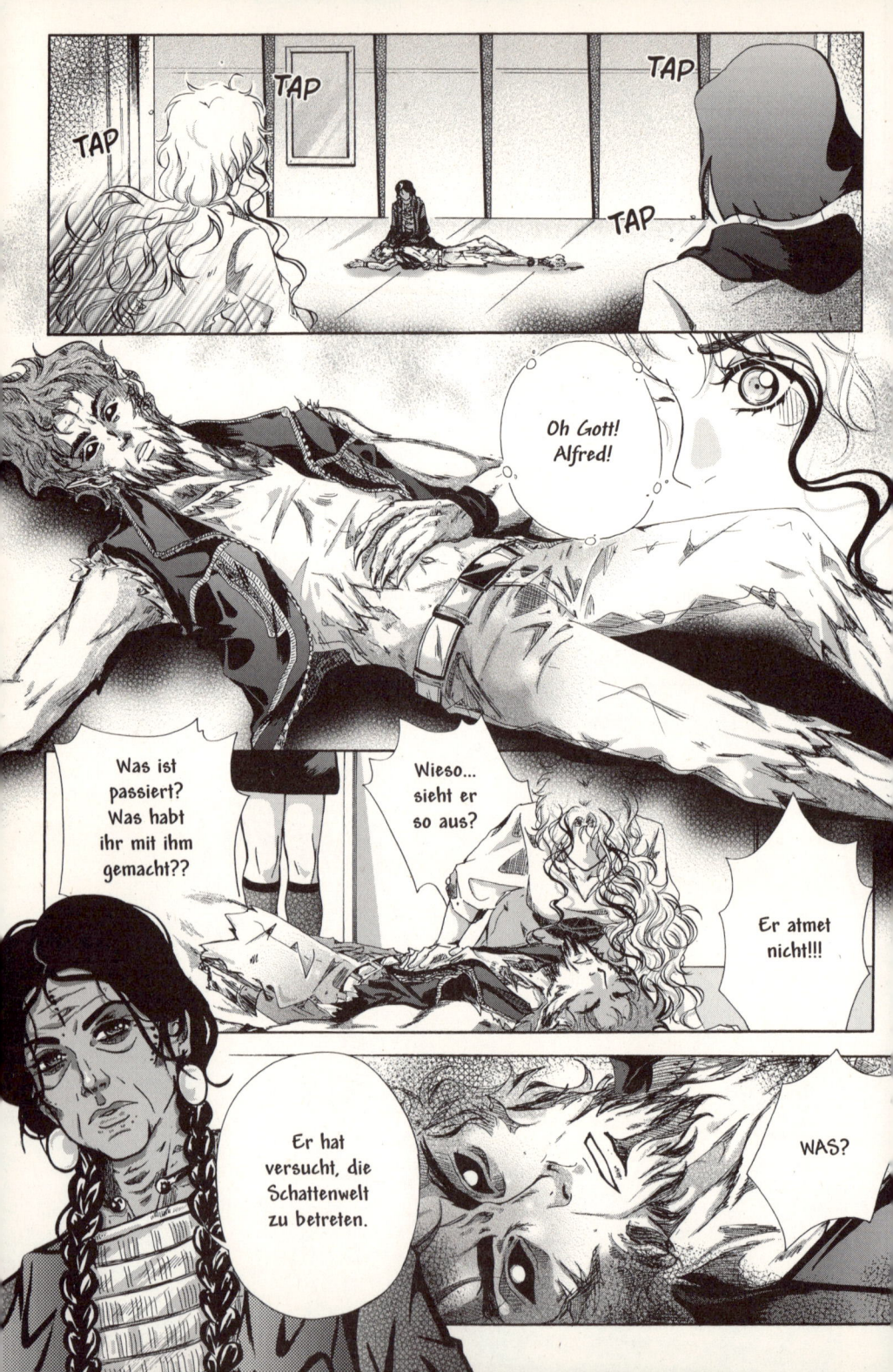

Bring ihn zurück!
SCHHHHH
ZSSSSSEY
Ich habe Angst...
SWAAAAAA
... aber ich muss Alfred helfen!

Arpa d'or dei fatidici vati, perché muta dal salice pendi?
KRYAAAAA
Le memorie nel petto riaccendi, ci favella del tempo che fu!
...
Ihr könnt mich mal!
KYAAAAAA!

In deinen Träumen kann sie dich nicht verletzen. Aber das hier ist ihr Reich, hier kann sie mit dir machen, was sie will.

Deswegen musst du auch sofort weg!

Sie hat schon Tristan bekommen. Ich darf dich nicht auch noch verlieren.

AAAH

Nicht dich...

Brayden...

Ich... bin echt zu doof...

Brayden, es tut mir alles so leid!

Es war nicht deine Schuld, Luca!

Aber... du hast mich gerettet und...

Das war seit sehr langer Zeit die einzig wirklich gute Tat von mir... Glaub mir.

So was... darfst du nicht sagen!

SUAAA

KRYAAAAA

KRYAAAAA

MEEEETaaa

SW

AAAA

Laura!

GRAP

KRYAAAAA

Hört sie jemals damit auf, uns an-zugreifen?

Wer weiß...

MEEEEEEIN!!

KRYAAAAAAAA

Früher war sie ganz anders.

Ja...

Ob das wirklich Brayden war?

Was, wenn das auch eine Illusion von Leila war? Ein Schatten, der mich nur reinlegen wollte...?

KRYAAAA

Was ist in dieser verfluchten Welt real?

Das ist wirklich ein schrecklicher Ort!

Ich schätze, ich muss uns beide so lange wie möglich vor dem Tod bewahren, hm?

Wenn du kannst...?

KEINER VON UNS!

WAAAAAAA

Vorsicht!

Sie sammeln sich!

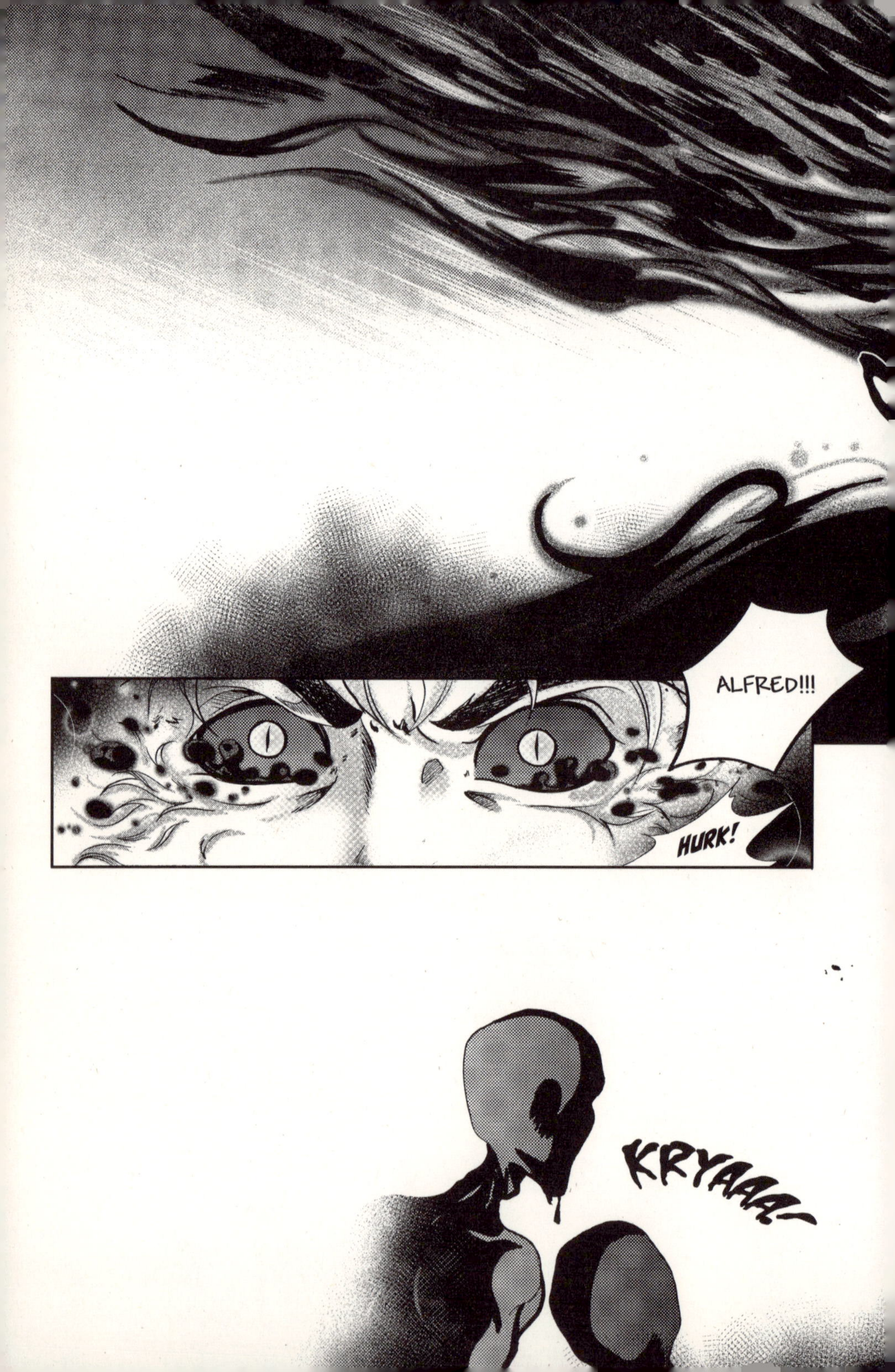

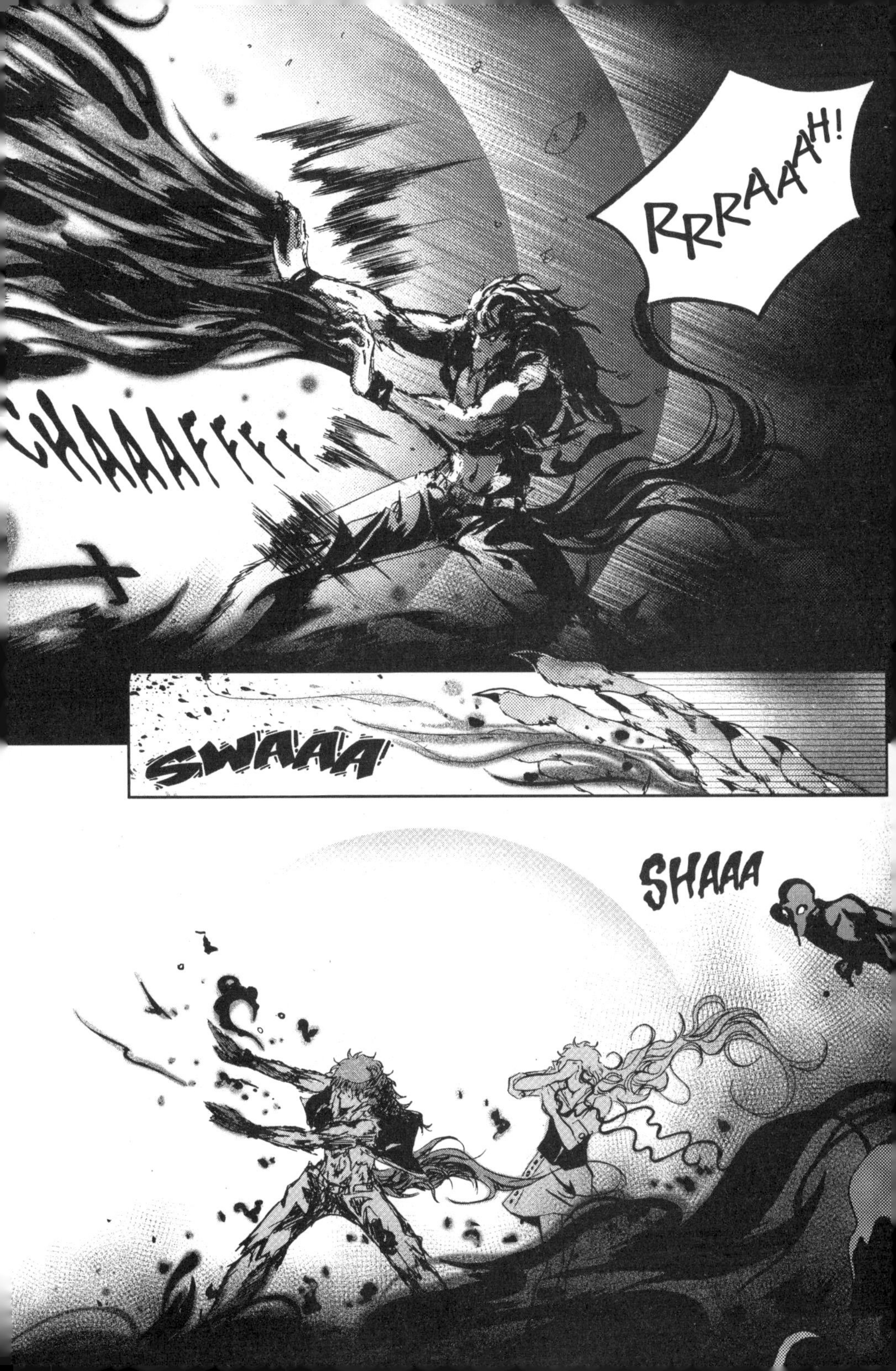
RRRAAAAH!
CHAAAFFFF
SWAAA
SHAAA

SWUAAAA

ALFRED!

Was hast du?

Was hat sie mit dir gemacht?

KEUCH

KEUCH.

WÜRG

KEUCH

TAP TAP

Alfred! Was ist mit dir?

Er lebt, Katja.

Alles andere wird schon wieder.

KEUCH

WÜRG

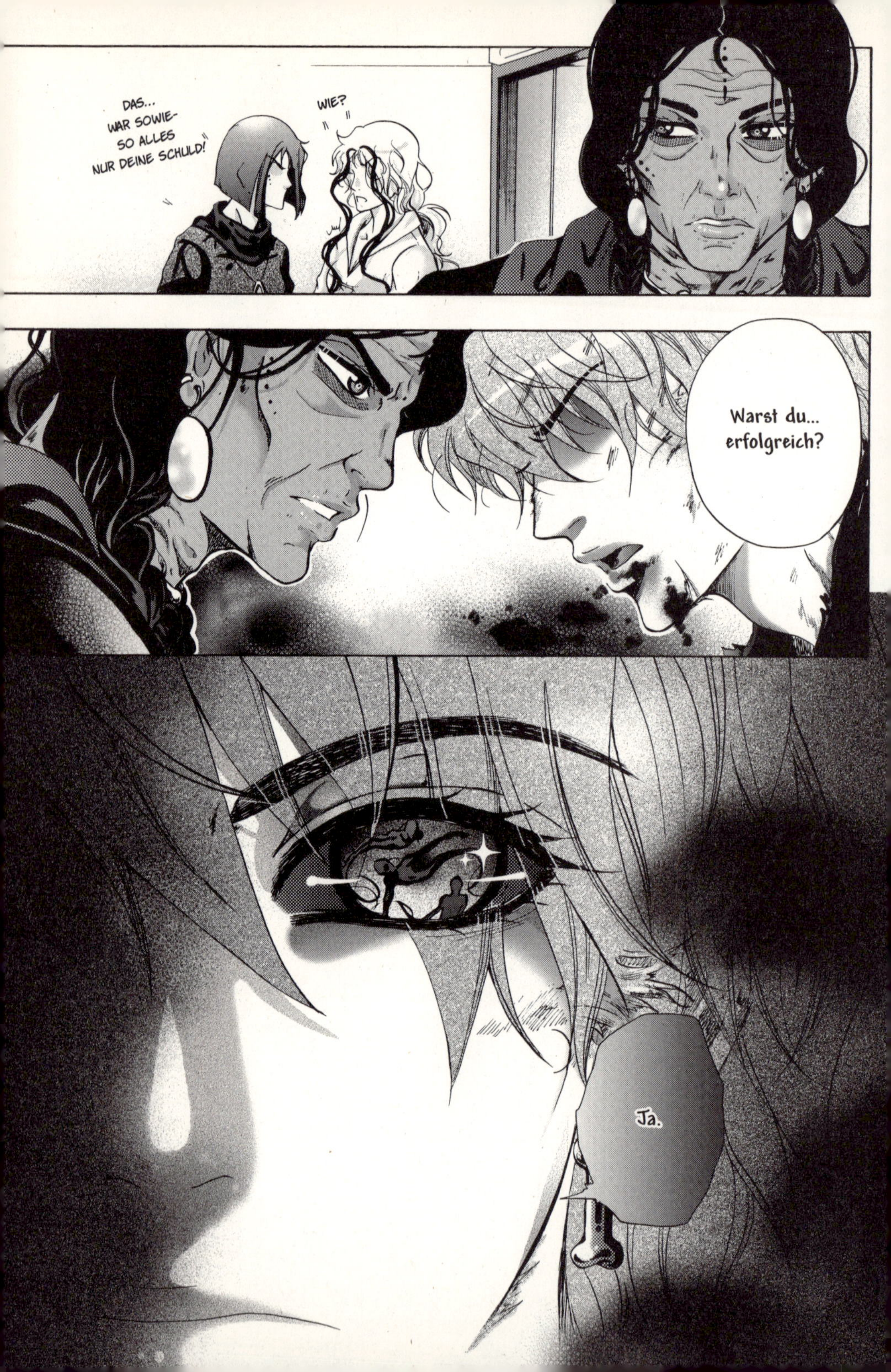

DAS... WAR SOWIE- SO ALLES NUR DEINE SCHULD!"

WIE? "

Warst du... erfolgreich?

Ja.

HAHAA!
Schach-matt!
KLACKER
ÄTSCH!
Werd erwachsen, Thaddeus!
Ts!
Wenn ich geahnt hätte, dass du heute so schlecht spielst, hätte ich um mehr gewettet als nur um Blut!
Du bist zu gierig.
Na und?
Du solltest mir dankbar sein, dass ich meine Beute aus Kairo überhaupt mit dir teile...
... dummer Sklave!
SWOOOSH
ZUCK
K...komm doch, wenn du dich traust!

LIED 9:
DER SCHNELLE TAG IST HIN/
DIE NACHT SCHWINGT IHRE FAHN/
UND FÜHRT DIE STERNEN AUFF.
DER MENSCHEN MÜDE SCHAREN
VERLASSEN FELD UND WERCK/
WO THIER UND VÖGEL WAREN
TRAWERT ITZT DIE EINSAMKEIT.
WIE IST DIE ZEIT VERTHAN!*

* aus 'Abend' von Andreas Gryphius

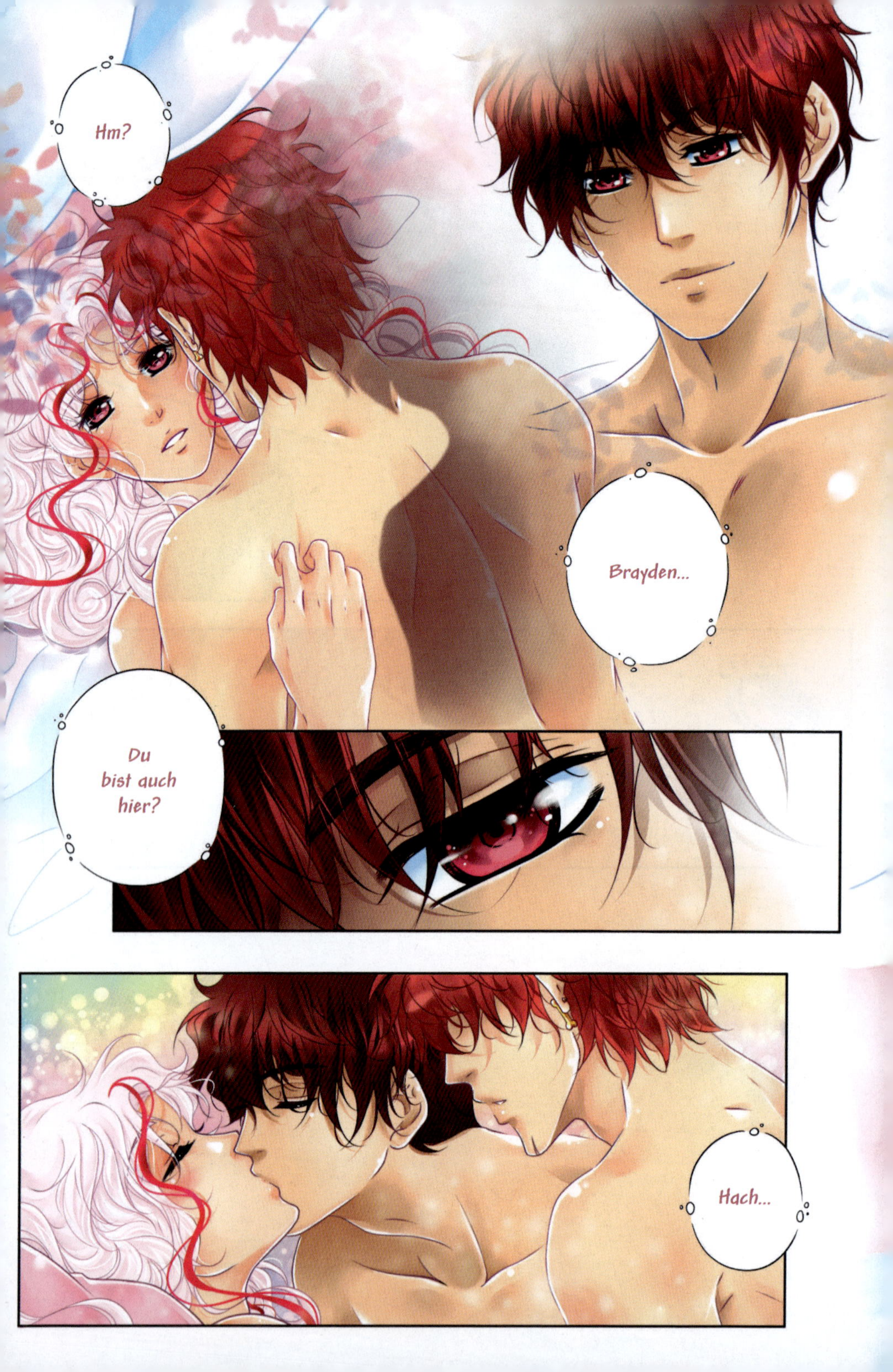

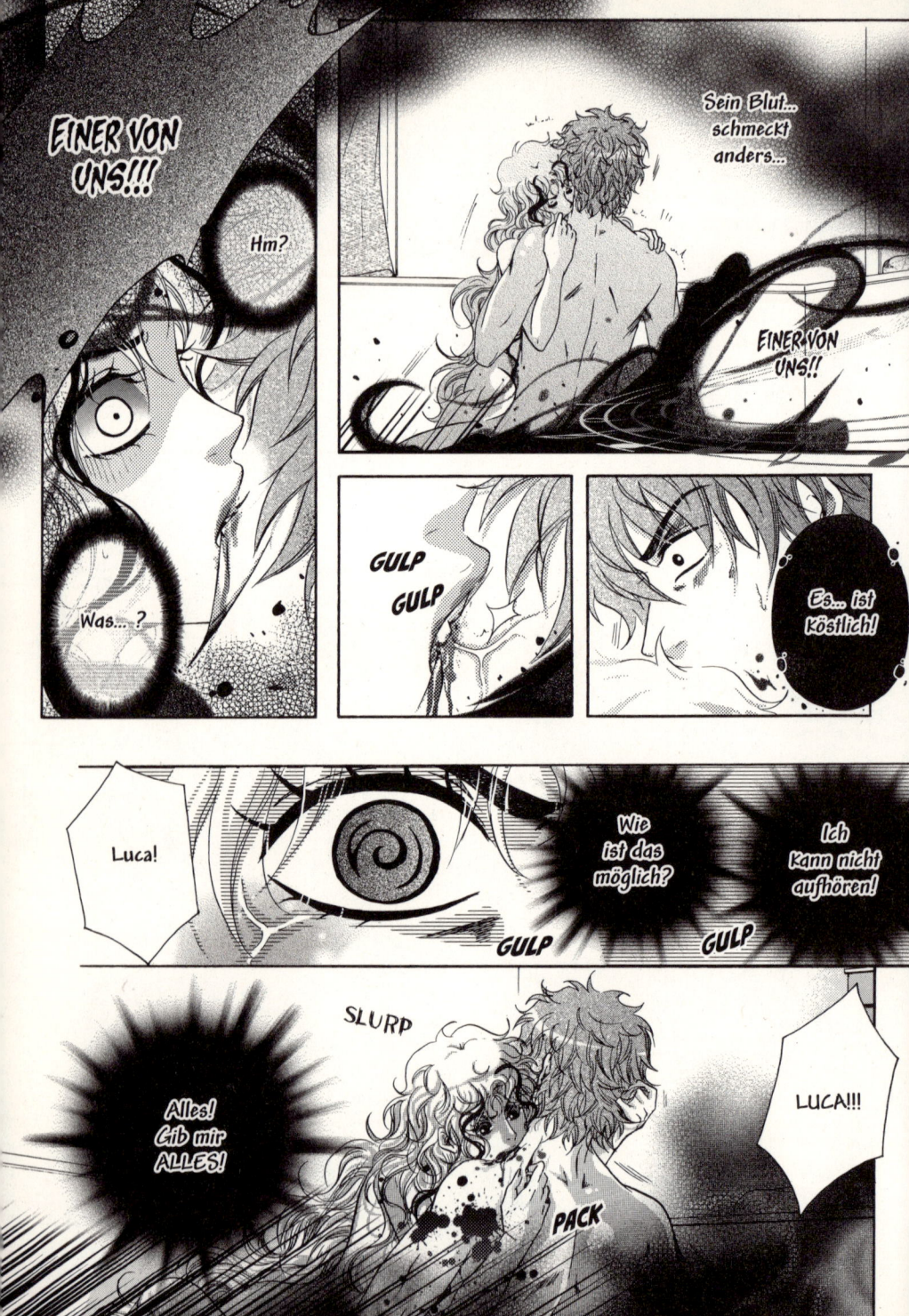

Du sagst also...

Ja.

Sie hat sich beim Trinken komplett verloren.

Hm.

... dein Blut hätte ihr auf einmal geschmeckt?

Das müssen die Schatten sein. Sie sind jetzt in deinem Blut – und rufen nach ihr...

Great. Und wie werde ich die wieder los?

Ich fürchte... gar nicht.

Was?

Du verfluchte Hexe! Du hast nie gesagt, dass ich für immer so bleiben muss!!

Gefällt es dir nicht?

Ich spüre deutlich, dass in dir mächtige Kräfte wüten. Die wirst du gegen Leila brauchen.

Und danach soll ich für den Rest meines Lebens mit Schatten im Kopf herumrennen?

Wer sagt denn, dass du den Kampf überleben wirst?

...

Eins ist klar...

Wir müssen Leila geschlossen gegenübertreten, um eine Chance zu haben.

Alle Wölfe.

Als eine Armee.

Und du als unser Anführer...

KLOPF KLOPF

... musst immer den Sieg vor Augen haben — um jeden Preis!

Der Rat ist einge- troffen...

KRIEEK

Danke. Wir kommen gleich.

Okay...

KLACK

Kölner Philharmonie

diana kiri

Winterträume

A...

Alfred...

Muss ich wirklich hier sein? Ich fühl mich nicht wohl.

BLA BLA

Du darfst jederzeit gehen, Luca...

Alfred...

Das mit dem Traum neulich tut mir sehr leid.

Hm, wir träumen von dem, was wir begehren.

Irgendwann zeige ich dir meine Träume. Du wirst staunen.

Huh?

MURMEL

MURMEL

MURMEL

Sie bündelt ihr Energie?
Wozu?
IHR GE-HÖRT ALLE MIR!
MIR!
SWOOAAA
SWOA
Ich...
... bin eure Göttin!
WOSCH
KRYAAH

KRYAAAA

SWAAA

KRYAAA

RATTER

KRACK

Ah!

Arpa d'or dei fatidici va

Zeigt, dass unsere Opfer nicht umsonst waren.
GRR
Dieser Dämon!
Das wird uns nicht aufhalten!
SCHNAPPT SIE EUCH!
GROWL
LUCA! BLEIB HIER UND VERSTECK DICH!
SWUSCH
SLAP
ZUSCH
JAUL
?!
RITSCH
SWUPP

Du Verräterin!
SWOSCH
Luca!
Was... passiert jetzt?!
SWAAAAAAA
LUCAAAA!

SSSSTTT

HAFF

HNRRAAAAAH!

Die Schatten nehmen sich immer, was sie wollen!

LIED 10:
Es vergeht keine Stund' in der Nacht,
da mein Herze nicht erwacht
und an dich gedenkt,
dass du mir viel tausendmal
dein Herz geschenkt.*

* 'Wenn ich ein Vöglein wär', Op. 34 No. 1 von Robert Schumann, Text: Johann Gottfried Herder

Es...

... ist so
dunkel...

Das...

... werdet
ihr mir
büßen!

Deine Armee
ist tot! Und
du wirst ihr
gleich folgen!

Töte ihn, mein
Stern! Töte ihn
und sichere mir
seine Macht!

RRRUMMMS KRRACH

ZUCK

Ist das wirklich wahr?

Brayden wurde mit Tristans, Undines und meinem Blut zurückgeholt?

JA, UND ER STEHT GANZ UNTER LEILAS EINFLUSS.

ER WIRD ALLES FÜR SIE ZER-STÖREN...

...BIS DIE GANZE WELT IN DEN SCHATTEN VERSCHWUNDEN IST.

Und was soll ich dagegen tun?

BEFREIE BRAYDEN!

ER LIEBT DIESE WELT. LASS NICHT ZU, DASS ER SIE ZERSTÖREN MUSS.

BRAYDEN VERDIENT ES NICHT, ALS LEILAS MARIONETTE ZU ENDEN.

Sieh mich
an. Ich bin
nicht dein
Feind.

Wir
sind ein
Blut.

Ein
Schatten.

EINER VON UNS.

EINER VON UNS.

Sie
erzählen
mir deine
Geschickte,
Urs...

Du
wurdest
als Sklave
geboren,
oder?

Mich zu töten würde doch nichts ändern. Sie wird dich nicht gehen lassen.

Sie wird dich bis an dein Ende spüren lassen, dass du ihr gehörst.

URS!!

...

Nein...

Le memorie nel petto riaccendi, ci

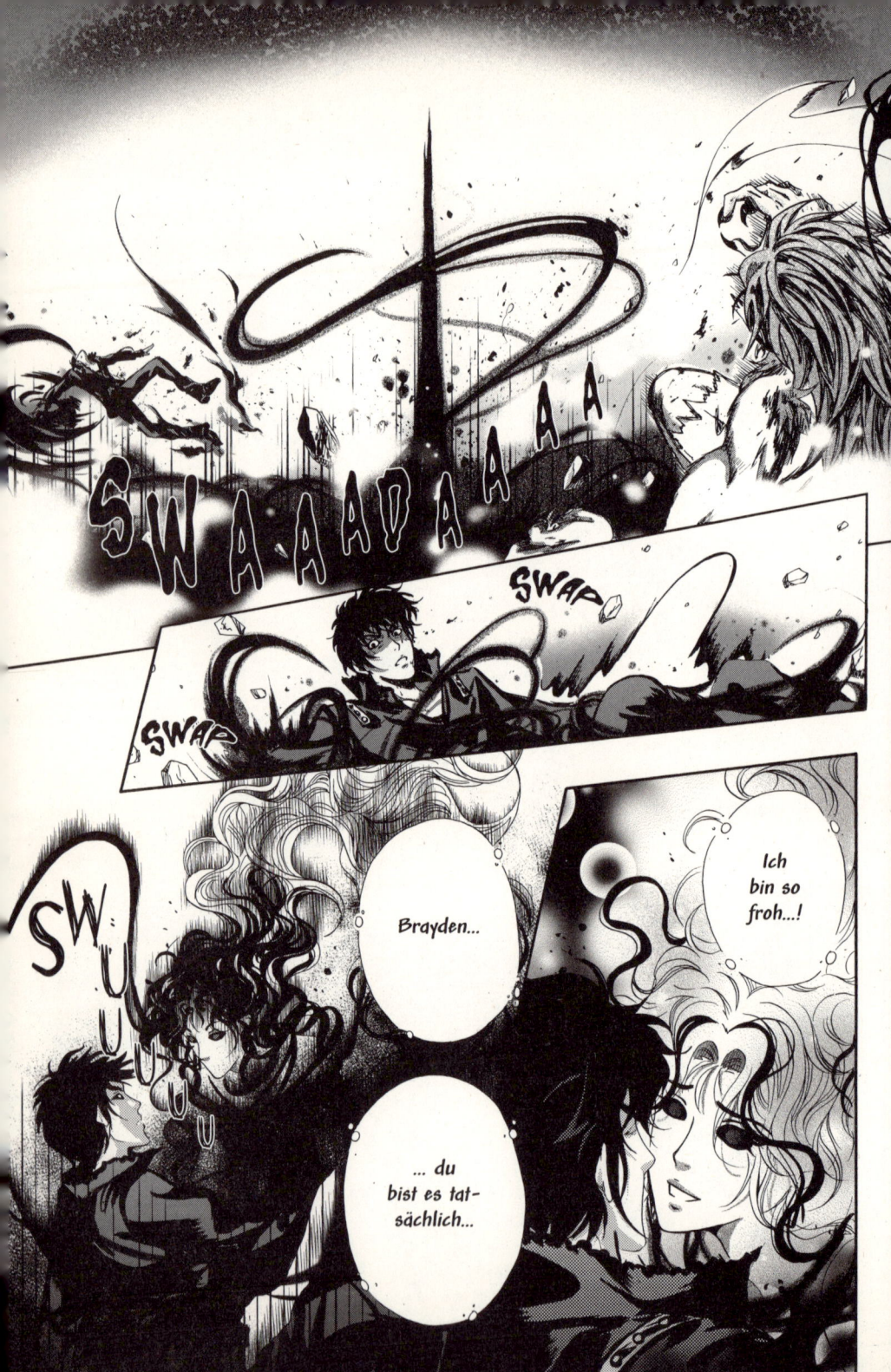

SWAMMM
ZOOMMM
Brayden?
Stellst du dich etwa gegen mich? Nach allem, was ich für dich getan habe?
Du gehörst mir! Töte sie! Hörst du? Töte sie alle!
ZOOOSCH
AAAAAAAA
Brayden! Sei kein Narr!
Du und ich, wir werden gemeinsam die Welt regieren!

Ich habe
keine Angst
mehr!

SWAAAAA

Als
eine von
euch?

ci favella del tempo che fu!

Luca...

Luca!

HMMM

PLÄTSCHER

Hey, sleeping Beauty...

Was?

Wo... bin ich? Was ist passiert?

Thaddeus hat sich gut erholt.

Er ist zäher, als er aussieht.

NICK

...

Aber er kann immer noch nicht fassen, dass Urs ihn gerettet hat.

Mittlerweile bereut Urs es wahrscheinlich...

Er bleibt nach wie vor der Stärkste unter uns.

Und er ist grundsätzlich bereit dazu, die Vampire mit uns anzuführen.

Aber natürlich nur, solange es nicht zu anstrengend wird.

Schattenarie - *Encore Edition* - Ende

Danke ...

... an alle lieben Menschen, die uns unterstützen – ohne euch gäbe es SCHATTENARIE nicht!

... an alle Beteiligten und das ganze CARLSEN MANGA!-Team – vor allem an Kai-Steffen Schwarz für die Betreuung der Encore Edition und Björn Liebchen für den Satz – für eure wunderbare Geduld und Einsatzbereitschaft!

... an all unsere großartigen Assistentinnen von damals - ihr seid spitze!

... an Rebecca, die dieses Projekt in seiner Urform mit Anne begann – alles Liebe!

... für all die Erfahrungen und Eindrücke, die mit diesem Projekt verbunden sind – was für ein Ritt!

... und bis bald!

Anne & Zofia

PS: Hier noch mal alle inspirierenden Verse und Musikstücke aus diesem Band ...
Lied 6: „À la claire fontaine", französisches Volkslied, Text: anonym
Lied 7: „Gestillte Sehnsucht", Op. 91 I von Johannes Brahms, Gedicht: Friedrich Rückert
Lied 8: „Ich bin der Welt abhanden gekommen" von Gustav Mahler, Gedicht: Friedrich Rückert
Lied 9: „Abend" von Andreas Gryphius
Lied 10: „Wenn ich ein Vöglein wär", Op. 34, No. 1 von Robert Schumann,
  Text: Johann Gottfried Herder
Schattenwelt-Gesang: „Va, pensiero, sull'ali dorate" aus Nabucco von Guiseppe Verdi,
  Libretto: Temistocle Solera

PPS: Besucht uns gerne online:
Anne: alicubi.de
Zofia: facebook.com/Orokenworks | instagram.com/oro_oroken

FAMILIENBANDE

„Wenn du älter wirst, vergisst du Dinge", murmelte Urs gedankenverloren, während er einige Blütenblätter von einer Sonnenblume zupfte. „Gerüche, Stimmen und Gesichter werden zu Phantomen", fuhr er fort und zwirbelte die goldgelben Blättchen zwischen zwei Fingern auseinander. „Und selbst wenn du deine Erinnerungen aufschreibst, lesen sie sich im Laufe der Jahrhunderte mehr und mehr wie die Geschichten eines anderen."

„Is' ja rührend", kommentierte Thaddeus, „aber ich hatte gefragt, ob du die Zuckerdose auch wieder hergibst."

Urs blickte auf und sah in die rätselnden Gesichter seiner Vampirfamilie. Thaddeus, Brayden und Luca musterten ihn alle mit einer Mischung aus Verwunderung und wachsender Sorge. Entschlossen, sich davon nicht beeindrucken zu lassen, ließ Urs zunächst von der Blume ab und legte dann die kleine silberne Zuckerzange zurück in die Zuckerdose. War sie nicht bis zum Rand gefüllt gewesen, als er den Tisch gedeckt hatte? Für einen Moment huschte Verwirrung über seine Züge. Woran hatte er nur gedacht?

„Urs …?", hakte Thaddeus zögerlich nach, sichtlich davon verunsichert, dass der ältere Vampir keine Anstalten machte, sich zu dem merkwürdigen Vorfall zu äußern. Vielmehr stellte Urs seelenruhig die Zuckerdose zurück auf die feingliedrige Etagere aus glänzendem Metall und Kristallglas.

„Entschuldigt mich", bat er, während er seine Teetasse samt Unterteller nahm und aufstand. „Luca, du hast Sahne im Haar", fügte er beiläufig hinzu, bevor er unter den fragenden Blicken der anderen von der beleuchteten Terrasse in den nächtlichen Garten des Anwesens verschwand. Thaddeus schnaubte missmutig und lehnte sich weit in seinem Stuhl zurück. „Ich sage euch, er wird senil …"

„Unsinn", widersprach Brayden, klang davon aber selbst nicht vollends überzeugt. „Wir haben den ganzen Tag mögliche Organisationsstrukturen diskutiert – wahrscheinlich ist er nur müde."

„Er wirkt eher, als beschäftigte ihn etwas", warf Luca ein und strich sich die gesäuberte Haarsträhne zurück hinters Ohr. „Hat er dir irgendetwas erzählt?", fragte sie Thaddeus.

„Pah, erzählen?" Er schüttelte den Kopf. „Der würde unter Folter nichts erzählen."

„Geh ihm nach und frag, was los ist." Brayden stand auf und begann, die Kaffeetafel abzuräumen. „Ich brauche seine volle Unterstützung, wenn wir nächste Woche mit dem Klan in Kapstadt sprechen."

„Wieso ich?", murrte Thaddeus und fügte dann in einem plötzlichen Anflug aufrichtigen Bedauerns hinzu: „Auf mich hört er sowieso nicht."

„Gib dir Mühe", erwiderte Luca und reichte Brayden ihren Teller. Thaddeus verdrehte die Augen und murmelte noch etwas Unverständliches, bevor er sich fügte und Urs in den Garten folgte.

𝄞

Urs ließ seine Teetasse unangetastet auf einer Bank im Garten stehen und betrat die Schatten. Mit einem Wimpernschlag wich die reale Umgebung einer unwirklichen Welt aus wabernden Grautönen. Er atmete tief durch und erforschte seine Gedanken.

Wenn du älter wirst, vergisst du Dinge. Gerüche, Stimmen und Gesichter werden zu Phantomen.

Er musste am Tisch kurz eingenickt und in Erinnerungen versunken sein. Er konzentrierte sich und versuchte, sich in den Traum zurückzuversetzen. Dazu gab er der Schattenwelt sein Unterbewusstsein preis. Das war riskant, weil es ihn verwundbar machte. Doch seit Leila keine Gefahr mehr darstellte, gab es niemanden, der ihm hier ohne sein Wissen zu nahe kommen konnte.

So stieg aus dem Grau schließlich das Abbild einer römischen Villa empor, des stolzen Hauses, in dem Urs den Großteil seines menschlichen Lebens verbracht hatte. Wie immer wenn Urs die Schattenwelt mit seinen Erinnerungen an längst vergangene Zeiten füllte, war die Illusion nicht perfekt, sondern reichte nur so weit, wie sein Gedächtnis es zuließ. Zum Beispiel zeichnete sich die Stadt am Horizont nur als schwach schimmernder Schemen ab und über der näheren Umgebung lag ein milchiger Schleier des Vergessens. Auch als Urs das Haus seines Herrn betrat, bemerkte er überall unscharfe oder fehlende Dinge. Was hatten die Statuen am Eingang gezeigt? Was hatte noch in diesem Raum gestanden und welche Beschaffenheit hatten Boden und Wände gehabt? Klar und deutlich zu erkennen war jedoch ein Fleck auf dem Boden des Eingangszimmers. Als Urs ihn fixierte, färbte er sich dunkelrot und hob sich noch deutlicher von seiner grauen Umgebung ab. Seiner Erinnerung folgend beugte er sich hinab, um ihn gewissenhaft wegzuwischen, so wie er es damals getan hatte. Sein Gedächtnis ließ ihn prompt eine Mischung aus Verwunderung und Sorge spüren. Und wie so oft gab er nach und ließ sich fallen. Die Grenzen zwischen Erinnerung, Vorstellung und Wirklichkeit verschwammen, als er die Ereignisse ihren Lauf nehmen ließ. Er horchte in die Stille hinein. Wo waren die anderen Sklaven des Hauses?

„Buccina?", rief er nach der Hausmusikerin.

Wieso empfing ihn niemand? Während er in seinem Kopf verschiedene Erklärungen abwog, richtete er sich wieder auf und ging Richtung Atrium. Er selbst hatte die Villa noch vor Sonnenaufgang verlassen, um auf dem Markt in der Stadt neues Wachs für seinen Herrn zu kaufen. Mittlerweile hatte die Sonne den Zenit überschritten und strahlte warm vom azurblauen Himmel. Doch alle Gedanken an das schöne Wetter gefroren zu Angst, als er großflächige Blutspritzer an der Wand entdeckte. Jemand musste mit gehöriger Wucht dagegengeprallt sein. Mit rasendem Herzen hastete er weiter zum Innenhof und stolperte beinahe über seine eigenen Füße, als sich die obere Hälfte seines Körpers vor Schock und Ekel abrupt abwenden wollte.

Sein Herr und seine Herrin lagen auf den Stufen des seichten Wasserbassins – ihre Köpfe, Arme und Beine vom Rumpf getrennt. Das Wasser im Becken war dunkelrot, die Steine am Beckenrad leuchteten in unzähligen roten und braunen Facetten.

Urs kämpfte gegen wachsende Übelkeit an, Tränen standen in seinen Augen, Hitze und Kälte schossen in stetigem Wechsel durch seinen Hals, Kopf und Rücken. „Bu…Buccina?", presste er abermals hervor und schickte kurz darauf auch die Namen der anderen Leibeigenen des Haushalts hinterher. Niemand antwortete ihm. Die Villa schwieg, als machte sie ihn für das Unglück verantwortlich.

„Gaius?", rief er schließlich heiser nach dem kleinen Sohn der Familie, während er die verstümmelten Körper anderer Sklaven des Haushalts passierte. Vielleicht war die ihm vertrautere Buccina unter ihnen – Urs hatte keine Zeit, sich die Leichen genauer anzusehen, er suchte nach dem Sohn seines Herrn, seinem Schutzbefohlenen.

„Gaius?!"

Während er die unendlich weit erscheinenden Räume der Villa durchsuchte, drängte sich ihm noch eine weitere Befürchtung auf: Was, wenn die Stadtwache ihn hier bei all den Toten aufgriff? Gewiss würden sie ihn für das Gemetzel verantwortlich machen. Sollte er fliehen? Und wenn ja, wohin, jetzt, wo er herrenlos war? Ehe sich eine erste Idee formen konnte, fand er Gaius und jegliche Gedanken in seinem Kopf verstummten: Der Junge lag auf dem Bauch und rührte sich nicht. An seinem Hals klaffte eine riesige Wunde, als hätte ihn ein großes Raubtier angefallen.

Urs spürte kaum, wie seine Beine nachgaben und er neben dem leblosen Körper auf die Knie fiel. Mit zitternden Händen zog er ihn in seine Arme und empfand zu vieles gleichzeitig, um nur ein Gefühl zu benennen. Das hier war seine Familie gewesen und Gaius fast wie sein eigener Sohn. Er hatte ihn aufwachsen sehen und ihn als Hauslehrer unterrichtet. Behutsam strich er über das kühle Gesicht des Kindes, doch als er dessen Kopf vorsichtig anhob, sah er nur in ein leeres Nichts. Gaius' Stimme und Gesicht waren in den Jahrhunderten vom Fluss der Zeit aus seinem Gedächtnis gewaschen worden. Er war zu einem Phantom geworden.

Zornig über seine eigene Unzulänglichkeit biss der Vampir die Zähne zusammen und ließ die Illusion zerbrechen: Die Villa seines Herrn fiel in sich zusammen und wurde zu einer dunklen Masse, die als Schattenwelle aus allen Richtungen auf ihn zurollte. Als sie über ihm brach, echoten unzählige heisere Todesschreie durch die Luft. Gaius zerfloss in seinen Fingern wie dunkler Sand und löste sich mit den übrigen Schatten in Nichts auf. Einen Moment verharrte Urs in dem zerbrochenen Bild aus stückhaften Erinnerungen. Irgendwo in der Ferne hörte er Buccinas Lautenspiel nachhallen.

Schließlich atmete er tief durch. Während er immer noch das Gewicht von Gaius' leblosem Körper in seinen Armen spürte, stand er auf und sammelte sich, um das unvollständige Abbild des Jungen noch einmal aus Schatten auferstehen zu lassen. Angestrengt versuchte er, das Gesicht des Jungen zu rekonstruieren. Er verschob die Nase, Augen und Stirnhöhe, aber nichts wirkte vertraut. Frustriert ließ er die Schattenfigur in sich zusammenfallen und beschwor im nächsten Augenblick eine andere herauf, deren Züge ihm noch bestens bekannt waren: Leila.

Urs hatte nie erfahren, ob sie für das Blutbad verantwortlich gewesen war. Er hatte aber auch nie ein Bedürfnis verspürt, sie zu fragen. Es hätte weder seine Familie wieder lebendig noch die Erinnerungen für ihn erträglicher gemacht – das wollte er zumindest glauben. An den Rest seines Menschenlebens erinnerte er sich nur noch bruchstückhaft: Die Stadtwache hatte ihn verhaftet und der Morde angeklagt. Auf Verhöre und Folterungen war schließlich ein Todesurteil gefolgt. Er wusste nicht mehr, wie lange er in Ketten auf sein Ende gewartet hatte, aber eines Nachts hatte Leila in seiner Zelle gestanden und ihn mitgenommen. Sie war einfach vor ihm erschienen, direkt aus den Schatten – so wie ihr Abbild, das jetzt vor ihm stand.

Sie hatte ihm eine neue Aufgabe gegeben und Urs hatte sie angenommen und sich selbst über die folgenden Jahrhunderte neu erschaffen. Über zwei Jahrtausende später fühlte er sich längst nicht mehr als ein zum Vampir gewordener Mensch. Für ihn war es fast so, als sei er als Vampir geboren worden. Der Mensch, der alles verloren hatte, glich einer Albtraumgestalt, die ihn mit quälenden Geschichten heimsuchte. Doch seitdem seine Existenz nicht mehr von Leila abhing und er seine Schöpferin nicht mehr für seine Lage verantwortlich machen konnte, wüteten Trauer und Zorn ziellos in seinem Bewusstsein. In Selbstmitleid versunken glaubte Urs, dass die Schattenfigur ihn diabolisch anlächelte und ihre Umrisse wie dunkle Flammen zuckten.

„Urs, mein Mond", säuselte die finstere Gestalt, bevor er seiner Wut ihren Lauf ließ und Leilas Abbild in unzählige kleine Schatten zerschlug, die wie dunkle Glassplitter in alle Richtungen flogen.

Für einen Moment horchte er in die Stille der Dunkelheit, dann ließ er sich in eine weitere Erinnerung fallen.

Der unverkennbare Geruch von alten Rollen aus Papyrus und Pergament lag in der Luft. In unzähligen Regalfächern, Kisten und Truhen lagerten sie neben Stein-, Holz- und Wachstafeln, beschriebenen Leder- und Rindenstücken sowie unzähligen Kodizes. Schriftgut aus verlorenen Kulturen und Sammlungen wie der der Bibliothek von Alexandria. Angesichts des unendlich kostbaren Wissensfundus stand Urs immer wieder vor einem Rätsel: Wie könnte ein so zerstörerisches Wesen wie Leila eine so akribische, gewissenhafte Sammelleidenschaft für fragile Kunst haben? Vielleicht war es Nostalgie, die sie immer wieder dazu bewog, neue Werke aufzuspüren und vor der Welt in Sicherheit zu bringen. Vielleicht verband sie mit den Schriftstücken ein vertrautes Gefühl, auch wenn die konkreten Erinnerungen längst verblasst waren. So wie er allmählich die Stimme seiner Familie vergaß, aber beim Anblick von Wachstafeln ein gleichzeitig wohliges und schmerzliches Gefühl verspürte. Urs verlor sich gerne in den unzähligen Schätzen, studierte alte und fremde Sprachen, Philosophien, Wissenschaften, Lyrik und Prosa, wann immer es Leila ihm erlaubte. Wäre die Welt außerhalb der Mauern untergegangen, er hätte es zwischen den Schriftrollen nicht bemerkt.

Urs ging durch die Reihen und zog schließlich eine beliebige Rolle heraus. Die Schatten, die den Papyrus vor der Alterung bewahrten, wisperten leise und zitierten einzelne Textfetzen des Schriftstücks. Das Säuseln beruhigte ihn sofort und erinnerte ihn daran, die Bibliothek unbedingt in ihr aktuelles Heim zu holen. Für den Moment entschied er sich indes, die Erinnerung fließen zu lassen …

„Urs!", hallte Leilas Stimme glasklar durch das herrschaftliche Anwesen und störte seine Forschung. Seufzend legte er die Rolle aus der Hand und trat folgsam aus der Bibliothek auf den Gang hinaus, wo sie sich bereits mit schnellen, gezielten Schritten näherte.

„Wir verlassen Byzantion", verkündete die Vampirin und klang ungewöhnlich gehetzt. „Die Goten stehen vor den Toren der Stadt. Sie werden sie zerstören und ich werde mir nicht noch einmal ansehen, wie sie Schaden nimmt. Wir kehren noch heute nach Karthago zurück."

Urs nickte gefügig. „Ich werde sofort alles für die Reise vorbereiten, Herrin." Er konnte nicht anders, als festzustellen, wie verhängnisvoll schön sie war mit ihrem langen schwarzen Haar, das in Kaskaden um ihren Körper floss. Sie war nicht immer der besessene Dämon gewesen – zumindest nicht nur.

„Tu das. Ich habe jemanden, der dir dabei helfen wird."

Er horchte auf. In den letzten Jahrhunderten hatte Leila sich immer wieder mit hübschen Menschen umgeben – sowohl mit Männern als auch mit Frauen. Aber sie waren stets nur sehr kurzfristiges Vergnügen gewesen, ein Spiel, das davon ablenkte, dass die menschliche Gesellschaft in erster Linie der Stillung ihres Blutdursts diente. Niemals hatte Leila ihm jemanden für wichtige Arbeiten zur Seite gestellt. Aber jetzt, da Urs sie genauer betrachtete, wirkte Leila verändert. Ihre Aura schien nicht mehr ganz so durchdringend und kraftvoll wie sonst.

„Thaddeus", rief Leila den Gang hinunter, den sie gekommen war.

Urs musterte den jungen Mann, der der Stimme seiner Herrin folgte. Ein Rotschopf, kaum erwachsen und mit einer Neugier im Blick, die den älteren Vampir sofort unruhig werden ließ. Es war das erste Mal, dass Leila ihn mit einem anderen Vampir konfrontierte. All die Jahrhunderte lang war Urs mit Leila allein gewesen und sie hatte viel Zeit in seine umfassende Ausbildung investiert.

„Er ist mein Andenken an Byzantion", erläuterte sie nun und wechselte dann von dem alten aramäischen Dialekt, den sie und Urs für gewöhnlich sprachen, lückenlos in ein Latein, dass in Urs' Ohren entsetzlich modern klang: „Der Sohn einer wohlhabenden römischen Familie. Nimm es mir nicht übel, mein Mond, aber ich brauche neue Gesellschaft. Dich erwarten andere Aufgaben."

„Sehr wohl." Urs fragte sich, ob er sich von dem Neuankömmling bedroht oder wegen Leilas Entscheidung verletzt fühlen sollte – aber tatsächlich dachte er vor allem daran, dass er künftig mehr Zeit für noch ausgiebigere Bibliotheksaufenthalte haben würde.

„Gut. Thaddeus, hilf Urs. Er wird dir zeigen, wie", wies die Vampirin ihre jüngste Errungenschaft an, während sie ihre Schritte bereits aus dem Raum lenkte.

Urs wandte sich von dem jungen Vampir ab, um sich zu sammeln. Die Bibliothek zu verpacken und auf Schiffen und Karren nach Karthago zu verfrachten kam nicht in Frage. Er musste die gesamte Sammlung, den ganzen Raum samt aller Regale und Truhen, durch die Schatten an ihren Bestimmungsort bringen. Testweise setzte er die Bibliothek in seinem Kopf zusammen – er durfte kein Möbelstück vergessen, bei jedem Fehler konnten die kostbaren Werke zwischen den Welten zerrieben werden.

„Woher kommst du?", meldete sich Thaddeus plötzlich zu Wort und schon der direkte Ton seines ersten Satzes gab Urs das Gefühl, dass ihm unzählige anstrengende Auseinandersetzungen bevorstanden.

„Aus einem ehrenhaften Haus", antwortete Urs kurz angebunden und ging dann die Regalreihen noch einmal prüfend ab. Er schloss offene Truhen und Kisten und verstaute einzeln herumliegende Schriftrollen.

„Sie hat mir erzählt, du seist ein Sklave gewesen", fügte er unverblümt und hörbar amüsiert hinzu. „Wieso hat sie dich auserwählt?"

„Ich habe ihr gefallen", antwortete er. „So wie du."

„Wirklich?", klang es ungläubig. Für Thaddeus musste Urs die Verkörperung aller gesellschaftlichen Kuriositäten sein. „Nun... ich hoffe, du nimmst mir mein Auftauchen nicht übel?", tastete er sich vorsichtig vor.

„Keine Sorge. Du hast deine Aufgabe und ich meine."

„Aha... also... Sie sagte, du sollst mir alles beibringen. Wann fangen wir an?"

Urs atmete tief durch. „Nicht heute."

„Morgen?"

Urs schwieg und brachte einen Kodex aus Holztäfelchen zu einem Regal am anderen Ende des Raumes.

„Antworte mir!"

Er zögerte einen Moment. War er zu abweisend? Schließlich entschied er, dass er den Jüngling besser gleich und bei jeder Gelegenheit auf seinen Platz verwies, bevor er noch übermütiger wurde. Ehe der junge Vampir sich's versah, zog ihn Urs mitsamt der ganzen Bibliothek in die Schatten.

Thaddeus keuchte und rang nach Luft und Fassung, als das schwarze Nichts wie eine große Welle über ihnen zusammenbrach. „Was ...?", brachte er kreidebleich hervor und sah sich dann gehetzt um. Schattenschemen stiegen aus der Dunkelheit auf und rachsüchtige Geister eilten aus allen Richtungen herbei, um den Neuankömmling zu begutachten.

Urs konnte nicht leugnen, dass es ihm Genugtuung verschaffte, ihn für einen Augenblick ohne seine Maske zu sehen. Aber dann besann er sich und errichtete einen Schutzwall, bevor die düsteren Wesen Thaddeus zu nahe kommen konnten. „Das hier sind die Schatten. Sie sind für uns so wichtig wie das Wasser für die Lebenden. Sie sind uns ein sicherer Reiseweg und bieten Zuflucht. Aber nur, wenn du ihnen Respekt zollst und nicht leichtfertig bist."

„Du ... Du hast mich reingelegt", knurrte Thaddeus missgünstig und zeigte zum ersten Mal offen seine Vampirfänge. Die Schatten wichen leicht zurück und zirkelten dann lauernd um die Barriere.

Urs lächelte leicht und schon diese kleine Geste reichte aus, um den Jüngeren erneut aus dem Konzept zu bringen. Sichtlich verunsichert bemühte sich Thaddeus seinerseits um ein höfliches Lächeln, das dann aber schnell zu einem offenen, begeisterten Grinsen wuchs. Urs wusste nicht recht, ob ihm diese Reaktion gelegen kam. Im Zweifel war es aber wohl besser, wenn sie miteinander auskamen. So überwand er sich und erklärte: „Du gehörst jetzt zur Familie. Du bist mein Bruder und ich werde dir alles beibringen, was du wissen musst."

„Aber nicht heute, Urs", unterbrach Leilas Stimme die Lektion. Folgsam schloss ihr älterer Schützling den Umzug der Bibliothek ab und ließ alles seinen Platz in den neuen Räumlichkeiten finden.

Thaddeus beobachtete misstrauisch, wie die letzten Schatten verpufften und die reale Welt freigaben. Urs wertete ihre erste kleine Übung vorsichtig als Erfolg.

„Urs, ich habe Aufträge für dich." Leila kam auf ihn zu und überreichte ihm einen Brief. „Töte sie so schnell wie möglich. Thaddeus, du kommst mit mir." Sie strich über die Wange ihrer jüngeren Errungenschaft, bevor sie voranging.

Thaddeus grinste verschmitzt in Richtung seines älteren Bruders und wisperte: „Scheint, als seist du nicht länger gefragt, Sklave ...", bevor er ihr folgte.

Müde lächelnd beobachtete Urs, wie die Abbilder von Leila und Thaddeus am Ende seiner Erinnerung in den Schatten verschwanden. Während er durch die trostlose, graue Einöde schritt, hörte er in der Ferne Buccinas Lautenspiel und verharrte einen Moment, um zu lauschen. Abermals stellte er fest, dass er sich in den Schatten heimischer fühlte als in der wirklichen Welt. Hier, wo die Schatten seiner Vergangenheit durch das endlose Nichts spukten. Er ließ unterschiedliche Erinnerungen gleichzeitig auferstehen und rekapitulierte die folgenden Jahrhunderte.

Der Vampir, dessen Tod Leila befohlen hatte, sollte nur das erste von unzähligen weiteren Opfern sein. Anfangs mochte es Leila dabei noch nur um Rache für Byzantion gegangen sein: Nach der Flucht offenbarte sie Urs, dass sie die Stadt durchaus vor den Goten, nicht aber vor rivalisierenden ansässigen Vampiren hätte schützen können. Gemeinsam nahmen sie blutige Rache. Dies löste bei Leila ein wahres Jagdfieber aus. Immer wieder schickte sie Urs in die Welt hinaus, um andere mächtige Vampire aufzuspüren, auszuspionieren oder direkt zu vernichten. Und Urs war gut in seiner neuen Aufgabe: Über die Jahrhunderte perfektionierte er seine Fähigkeiten und hatte dabei von Anfang an nur wenig Skrupel, zu töten.

Thaddeus erwies sich für Urs als ungemein nützlich – wenn er auch kein so guter Schüler war, wie Urs es sich gewünscht hätte. Ohne es zu ahnen, lenkte Thaddeus Leilas Aufmerksamkeit auf sich und gab Urs wichtigen Freiraum. Und da er lieber seinem Geltungsdrang folgte, statt sich eigenes Wissen anzueignen, blieb er stets berechenbar. Die folgenden Jahrhunderte schweißte sie zu einer reibungslos funktionierenden Einheit zusammen – bis Leila eines Abends mit einem jungen englischen Adligen zurückkehrte und damit eine für sie fatale Geschichte ins Rollen brachte ... Urs verließ die Schatten und kehrte in den nächtlichen Garten zurück. Immer noch hatte er Buccinas Musik im Ohr. Vielleicht war es an der Zeit, die Melodie aufzuschreiben, damit sie zumindest das Papier nicht vergaß. Der Gedanke stimmte Urs ebenso versöhnlich wie die Bestätigung, dass es um seine vampirische Erinnerung doch nicht so schlecht stand, wie er zunächst befürchtet hatte.

𝄞

Thaddeus fand Urs schließlich unter einer alten Eiche. Ein frischer Wind spielte mit den ersten herabfallenden Blättern des Jahres und säuselte durch die mächtigen Bäume, die das Grundstück umgaben. Schweigend setzte sich Thaddeus zu dem älteren Vampir und suchte nach den richtigen Worten, um ein Gespräch zu beginnen. Dabei legte er die Stirn so oft in Falten, dass seine Mühe offensichtlich wurde.

„Ich bin nicht senil", eröffnete Urs schließlich in einem unerwartet scharfen Ton, der Thaddeus zurückweichen ließ.

„Das ... Ich ...", stammelte dieser irritiert, bis er sich wieder gefangen hatte und sein Frust aus ihm herausplatzte: „Was ist los mit dir?!"

Urs seufzte frustriert und überwand sich: „Ich ... habe zu viel Zeit, Thaddeus. Zu viel Zeit, um nachzudenken und mir bewusst zu werden, was ich alles vergessen habe." Er sah auf seine Hände, als könnte er die Antwort auf all seine Fragen in ihnen finden. „Brayden und Luca sind noch sehr jung. Aber sie sind beide trotzdem mehr Mensch, als wir es in ihrem Alter waren ... Zu was macht uns das?"

Thaddeus nickte und schwieg dann so lange, dass es Urs irritierte.

„Ich war ein schlechter Mensch", gestand er schließlich. „Als Leila mir anbot, mich von meiner Familie zu verabschieden, lehnte ich ab. Ich dachte, sie wären mir egal …" Er legte den Kopf zurück und sah hinauf in die Krone des Baumes. „Jetzt weiß ich nicht einmal mehr, wie sie ausgesehen haben … Ich weiß noch, dass da eine große Vase in unserem Haus war, die ich mehrfach beim Spielen umgeworfen habe. Aber ich weiß nicht mehr, in welchem Zimmer sie stand. Ich erinnere mich an überhaupt kein Zimmer mehr." Er raufte sich das rote Haar. „Wieso erinnere ich mich an diese verfluchte Vase, aber nicht mehr an meine Eltern?!"

Urs nickte leicht. Sie schwiegen eine Weile, bis Thaddeus sich schließlich räusperte:

„Aber weißt du, woran ich mich noch sehr gut erinnere? Wie du mich damals in die Schattenwelt gezogen hast …"

Der ältere Vampir horchte auf und musterte Thaddeus. Dieser saß noch für einen Augenblick gedankenversunken da, bevor er Urs' Blick bemerkte und sich schnell streckte, um seinen Gefühlsausbruch zu überspielen: „Ich dachte, ich müsste ersticken! Gib es zu, wenn Leila nicht eingegriffen hätte, hättest du mich dort alleingelassen!"

Urs hüllte sich in bedeutungsschwangeres Schweigen.

„Ich wusste es", schlussfolgerte Thaddeus und fügte hinzu: „Ich akzeptiere deine Entschuldigung, wenn du mir noch mal mein Byzantion aus Schatten baust."

„Bau es selbst", knurrte der ältere und erntete den erwarteten trotzigen Blick, der dann jedoch schnell einer tiefen Verunsicherung wich.

„Du … Du weißt, dass ich das nicht so gut kann, Urs. Ich … Ich hab es mir nie so genau angesehen damals. Ich … Ach, komm, du weißt, dass ich so etwas nicht kann!"

„Was denn? Gezielte Schattenmanipulation oder höflich um etwas bitten?", erwiderte Urs und zeigte ein kleines, verschmitztes Lächeln.

Thaddeus verschränkte schmollend die Arme vor der Brust und sah zur Seite, konnte das Grinsen, das auf seinen Lippen wachsen wollte, aber nicht verbergen. „Beides."

Urs nickte bestätigend. „Hol Brayden und Luca", erlöste er Thaddeus schließlich. „Ich zeige es euch allen, damit wir uns gegenseitig daran erinnern können."

„Wie eine Familie?", kommentierte der Jüngere, wartete aber nicht auf eine Antwort, sondern ging zurück zum Haus.

Wie eine Familie, dachte Urs und musste sich eingestehen, dass ihn der Gedanke stolz und zufrieden stimmte.

ENDE

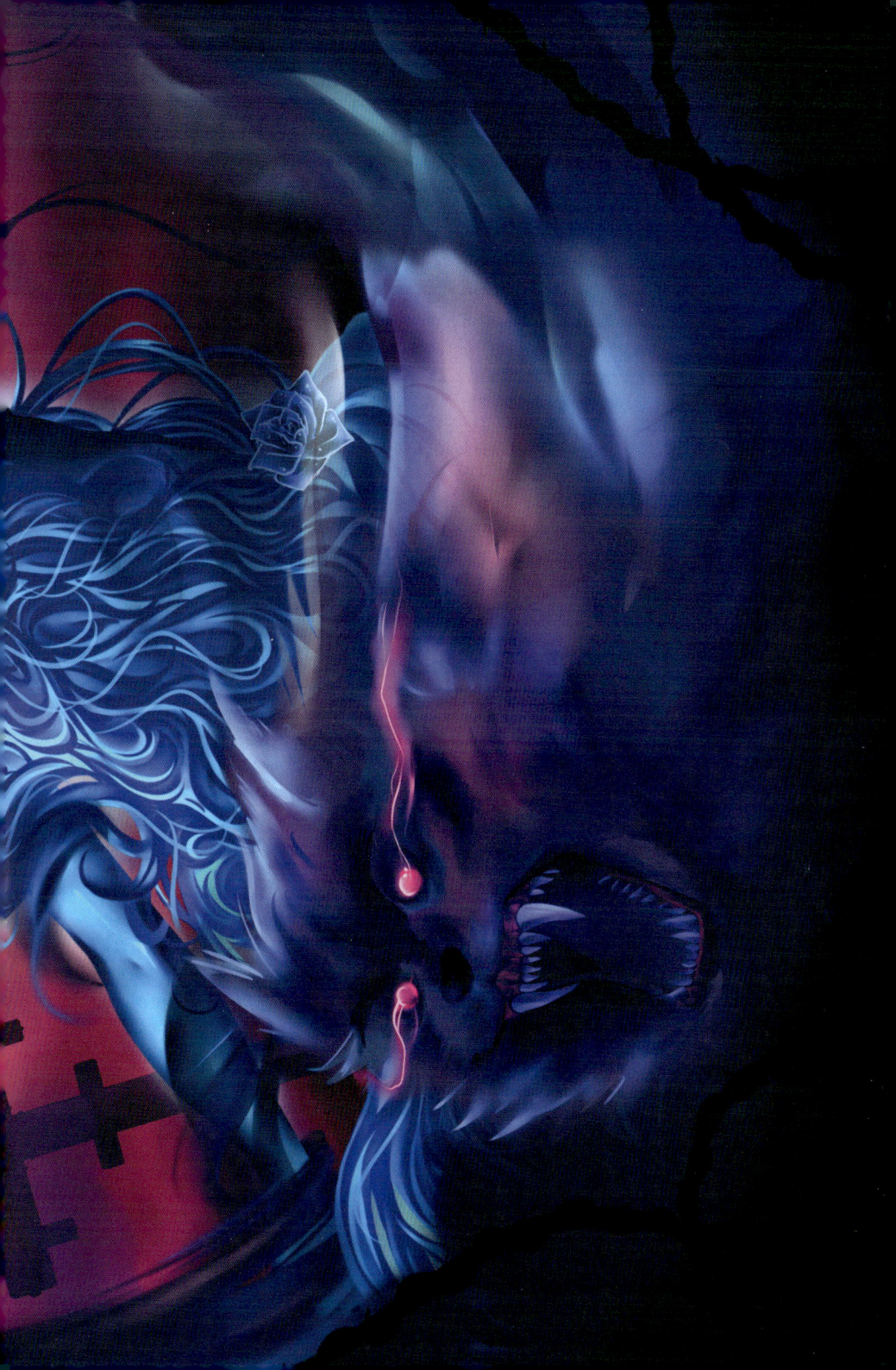

CARLSEN MANGA

Deutsche Ausgabe / German Edition

© 2023 Carlsen Verlag GmbH, Völckersstraße 14-20, 22765 Hamburg

Originalausgabe

SCHATTENARIE Encore Edition © 2023 by Zofia Garden, Anne Delseit

All rights reserved.

Redaktion der Erstausgabe: Michael Cheng

Redaktion der vorliegenden Neuedition: Kai-Steffen Schwarz

Produktionsmanagement: Björn Liebchen

Alle deutschen Rechte vorbehalten

ISBN: 978-3-551-71126-7

CARLSEN MANGA! NEWS • Aktuelle Infos abonnieren unter

www.carlsenmanga.de • www.carlsen.de

Wir produzieren
nachhaltig

· Klimaneutrales Produkt
· Papiere aus nachhaltigen
  und kontrollierten Quellen
· Hergestellt in Deutschland

FSC

www.fsc.org

MIX

Papier | Fördert
gute Waldnutzung

FSC® C014496